1910 (Février 23)

Collection de Madame Waldeck-Rousseau

BOITES ET COFFRETS

PAR

BAGARD, de Nancy

CATALOGUE

DES

BOITES, COFFRETS

OBJETS VARIÉS

EN BOIS SCULPTÉ

Par BAGARD, de Nancy

(1639-1709)

COMPOSANT

LA COLLECTION DE MADAME WALDECK-ROUSSEAU

ET DONT LA VENTE AURA LIEU A PARIS

HOTEL DROUOT, SALLE N° 10

LE MERCREDI 23 FÉVRIER 1910

à deux heures

COMMISSAIRE-PRISEUR
Me HENRI BAUDOIN
Successeur de M. Paul CHEVALLIER
10, rue Grange-Batelière

EXPERTS
MM. MANNHEIM
7, rue Saint-Georges
PARIS

EXPOSITION PUBLIQUE

Le Mardi 22 Février 1910, de 1 h. 1/2 à 5 h. 1/2

CONDITIONS DE LA VENTE

Elle aura lieu au comptant.

Les adjudicataires paieront *dix pour cent* en sus des enchères.

Paris. — Imp. de l'Art, CH. BERGER, 41, rue de la Victoire.

DÉSIGNATION

BOITES ET COFFRETS

OBJETS VARIÉS

1 — Petite boite ronde, ornée du monogramme du Christ et contenant des reliques.

2 — Petite boite ronde, ornée des emblèmes de la Passion, avec fleurettes au revers et reliques à l'intérieur.

3 — Petite boite ronde à couvercle orné de rinceaux et d'une corbeille de fleurs.

4 — Petite boite ronde, ornée de rinceaux et d'un vase de fleurs, et contenant des reliques.

5 — Petite boite ronde, ornée d'un rébus et d'une devise.

6 — Petite boite ronde, ornée d'un oiseau sur des rinceaux et contenant des reliques.

7 — Petite boite ronde, ornée de rinceaux et de fleurs.

8 — Petite boite ronde, ornée de deux oiseaux affrontés et d'une légende.

9 — Petite boite ronde, ornée d'un chien, de doubles cœurs, et de la devise : *Fidèle à tous.*

10 — Petite boite ronde, ornée de rinceaux et d'une légende : *Il la mérite.*

11 — Boite ronde, ornée d'un oiseau et de rinceaux.

12 — Boite ronde, ornée d'un écusson armorié, timbré d'une couronne de marquis.

13 — Boite ronde, ornée d'un monogramme timbré d'une couronne de comte.

14 — Boite ronde, ornée d'un monogramme timbré d'une couronne de marquis.

15 — Pulvérin, orné d'un buste et de branches fleuries sur chaque face.

16 — Couvercle de boite, orné d'un double écusson d'alliance timbré d'une couronne de duc et placé au milieu de rinceaux fleuris.

17 — Deux flambeaux-balustres, ornés de rinceaux fleuris.

18 — Deux flambeaux-balustres, ornés de rinceaux fleuris et d'oiseaux

19 — Deux flambeaux-balustres, ornés de rinceaux et de fleurs.

20 — Deux flambeaux-balustres, ornés de rinceaux et de fleurettes, avec tige unie.

21 — Deux flambeaux-balustres à base octogone, décorés de fleurs et de rinceaux.

22 — Flambeau-balustre, base ornée de fleurs et de rinceaux.

23 — Flambeau-balustre, orné de rinceaux et de fleurs, avec tige unie.

24 — Boite ronde, ornée d'un monogramme timbré d'une couronne de marquis.

25 — Boite ronde, ornée d'un monogramme timbré d'une couronne de marquis et entouré de rinceaux feuillagés.

26 — Boite ronde, ornée de deux cœurs percés de flèches et timbrée d'une couronne de duc.

27 — Boite ronde, ornée d'un serpent surmonté de deux cœurs et d'une couronne de marquis entourée de rinceaux.

28 — Brosse, ornée de rinceaux et d'un vase de fleurs.

29 — Brosse, ornée de branches fleuries et de deux oiseaux.

30 — Râpe à tabac, ornée de deux oiseaux, d'un double cœur et de rinceaux feuillagés.

31 — Râpe à tabac, ornée d'un monogramme timbré d'une couronne de marquis et surmonté d'un vase de fleurs.

32 — Grande râpe à tabac, ornée de rinceaux ainsi que de deux oiseaux, d'un double cœur et d'une couronne de marquis.

33 — Grande râpe à tabac aux armes de France entourées de rinceaux et de fleurs.

34 — Boite ronde, ornée d'un oiseau surmonté d'une couronne de duc au milieu de rinceaux.

35 — Boite ronde, ornée d'un monogramme entouré de rinceaux et surmonté d'une couronne de marquis.

36 — Boite rectangulaire, ornée d'un monogramme supporté par deux lions et timbré d'une couronne de duc avec rinceaux au pourtour.

37 — Boite rectangulaire, ornée d'un cartouche timbré d'une couronne de marquis avec rinceaux et oiseaux au pourtour.

38 — Boite rectangulaire, ornée d'un monogramme timbré d'une couronne de marquis et entouré de rinceaux et de deux oiseaux; rinceaux au pourtour.

39 — Boite ronde, ornée de deux oiseaux, de deux cœurs percés de flèches et d'une couronne de marquis.

40 — Boite ronde, ornée d'un monogramme timbré d'une couronne de marquis et entouré de branches de raisin.

41 — Boite rectangulaire, ornée d'un médaillon timbré d'une couronne de duc avec rinceaux fleuris au pourtour.

42 — Boite rectangulaire, ornée d'un médaillon contenant un rébus avec la devise : *Je meurs où je m'attache.* Pourtour décoré de rinceaux et d'oiseaux.

43 — Boite ronde, ornée d'un oiseau percé d'une flèche avec la devise : *Une seule me suffit.*

44 — Boite ronde, ornée d'un monogramme timbré d'une couronne de marquis et entouré de rinceaux.

45 — Boite rectangulaire, ornée d'un oiseau timbré d'une couronne princière et entouré de rinceaux. Pourtour également décoré de rinceaux fleuris.

46 — Boite rectangulaire, ornée d'une corbeille de fleurs en haut-relief. Pourtour décoré de rinceaux fleuris.

47 — Boite rectangulaire, ornée d'un écusson armorié timbré d'une couronne de marquis. Rinceaux et oiseaux au pourtour.

48 — Boite rectangulaire, ornée de deux cœurs surmontés d'oiseaux et entourés de rinceaux. Pourtour également décoré de rinceaux.

49 — Boite rectangulaire, ornée d'un écusson d'armoiries timbré d'une couronne de duc et entouré de rinceaux. Pourtour également décoré de rinceaux.

50 — Boite oblongue à angles cintrés, décorée d'un rébus avec la devise : *La Fidélité garde mon cœur*. Pourtour orné de rinceaux.

51 — Boite oblongue à angles cintrés, ornée d'un écusson d'armoiries timbré d'une couronne de marquis et entouré de rinceaux et d'oiseaux. Pourtour également décoré d'oiseaux, de rinceaux et de cœurs enflammés.

52 — Boite rectangulaire, ornée d'un monogramme timbré d'une couronne de marquis et entouré de rinceaux et d'oiseaux. Pourtour décoré de rinceaux fleuris.

53 — Boite rectangulaire à angles cintrés, décorée d'un oiseau au milieu de rinceaux fleuris. Pourtour également à rinceaux et oiseaux.

60

73

55

52

51

97

Phototypie Berthaud, Paris

54 — Boite rectangulaire, ornée d'un écusson d'armoiries timbré d'une couronne de marquis et placé au milieu de rinceaux fleuris. Pourtour à rinceaux également.

55 — Boite rectangulaire, décorée d'un écusson d'armoiries timbré d'une couronne de comte et supporté par deux hommes sauvages. Pourtour à rinceaux.

56 — Boite rectangulaire, décorée d'un oiseau au milieu de rinceaux. Pourtour également à rinceaux.

57 — Boite rectangulaire, ornée d'un cartouche timbré d'une couronne de marquis et entouré d'oiseaux et de rinceaux. Pourtour décoré de rinceaux.

58 — Boite rectangulaire, décorée d'un monogramme contenant un cœur enflammé et timbré d'une couronne de duc. Pourtour à rinceaux.

59 — Boite rectangulaire, ornée d'un monogramme timbré d'une couronne de marquis et placé entre deux oiseaux au milieu de rinceaux. Pourtour également décoré de rinceaux.

60 — Boite rectangulaire, ornée d'un monogramme timbré d'une couronne de marquis et placé au milieu de rinceaux fleuris. Pourtour à rinceaux fleuris également.

61 — Boite rectangulaire, ornée d'un écusson d'armoiries timbré d'une couronne de marquis et placé au milieu de rinceaux et de monogrammes également timbrés d'une couronne de marquis.

62 — Boite rectangulaire, ornée d'un monogramme timbré d'une couronne de comte et placé au milieu de rinceaux, d'oiseaux, de draperies et de corbeilles de fleurs. Pourtour également décoré de rinceaux.

63 — Boite rectangulaire, ornée d'un casque surmonté d'un cimier ainsi que de rinceaux fleuris. Pourtour à rinceaux également.

64 — Boite rectangulaire, décorée d'une grande corbeille de fleurs avec branches fleuries aux angles. Pourtour à branches fleuries également.

65 — Boite rectangulaire, ornée d'un double écusson d'armoiries timbré d'une couronne de marquis et placé au milieu de rinceaux feuillagés. Pourtour décoré de rinceaux fleuris.

66 — Grand Christ dans un cadre à rinceaux fleuris et feuilles, cintré à la partie supérieure.

67 — Christ plus petit dans un cadre à rinceaux fleuris et feuilles, également cintré à la partie supérieure.

68 — Christ dans un cadre décoré de rinceaux, d'oiseaux, de monogrammes et de feuilles.

69 — Boite rectangulaire, décorée d'un oiseau au milieu de rinceaux fleuris. Pourtour également orné de rinceaux fleuris.

70 — Boite rectangulaire, ornée d'un monogramme timbré d'une couronne de marquis et placé au milieu de rinceaux et de feuilles. Pourtour à rinceaux avec mascaron à la partie antérieure.

71 — Boite rectangulaire, décorée de grosses fleurs en haut relief. Pourtour orné de rinceaux.

72 — Boite rectangulaire, ornée d'un pélican surmonté d'une couronne de marquis et placé au milieu de rinceaux fleuris. Rinceaux fleuris également au pourtour.

73 — Boite rectangulaire, ornée d'un double écusson d'alliance timbré d'une couronne de comte et placé au milieu de rinceaux, avec oiseaux à chacun des angles. Pourtour à rinceaux fleuris également.

74 — Boite rectangulaire, décorée de deux oiseaux affrontés surmontés d'une couronne de marquis et placés dans un médaillon disposé au milieu de rinceaux et d'oiseaux. Pourtour à rinceaux et oiseaux.

75 — Christ dans un cadre décoré de rinceaux fleuris et de feuilles, avec partie cintrée en haut.

76 — Christ en ivoire dans un cadre décoré de rinceaux, d'oiseaux et de feuilles, avec partie cintrée en haut.

77 — Petite glace dans un cadre décoré de rinceaux fleuris et cintré à la partie supérieure.

78 — Miroir de toilette dans un cadre décoré de rinceaux fleuris et de feuilles.

79 — Miroir de toilette dans un cadre décoré d'oiseaux, de feuilles et de rinceaux fleuris.

80 — Miroir de toilette dans un cadre décoré d'oiseaux, de fleurs et de branchages.

81 — Miroir de toilette dans un cadre décoré de rinceaux feuillagés.

82 — Écritoire rectangulaire, décorée d'un semis de fleurettes surmonté d'une couronne de duc avec monogramme aux angles et rinceaux au pourtour.

83 — Boite rectangulaire, ornée d'un monogramme timbré d'un casque et placé dans un cartouche entouré de branchages. Pourtour à rinceaux.

84

Phototypie Berthaud, Paris

84 — Coffret, orné d'un double écusson d'alliance timbré d'une couronne de marquis et placé dans une réserve de forme contournée entourée de corbeilles de fleurs disposées sur chacun des angles du couvercle. Le pourtour présente à la partie antérieure un cartouche au milieu de rinceaux fleuris et de cornes d'abondance; les côtés offrent une corbeille de fleurs également entourée de rinceaux fleuris et, à la partie postérieure, des branchages, des fleurs et une coquille.

Long., 0 m. 65; larg., 0 m. 46.

85 — Bénitier présentant l'emblème du pélican, ainsi qu'une croix et un masque du soleil entouré de branches fleuries.

86 — Bénitier présentant un saint monogramme entouré de fleurs.

87 — Boîte rectangulaire, ornée de deux oiseaux et d'un double cœur dans un médaillon ovale surmonté d'une couronne de marquis et entouré de rinceaux et d'oiseaux. Pourtour à rinceaux.

88 — Écritoire, ornée d'un monogramme timbré d'une couronne et entouré de rinceaux fleuris. Pourtour également à rinceaux fleuris.

89 — Bénitier, orné d'une croix placée dans un médaillon ovale entouré de branchages fleuris en haut relief.

90 — Bénitier, orné du symbole du pélican placé dans un médaillon ovale entouré de branchages ajourés.

91 — Boite rectangulaire, ornée d'un monogramme timbré d'une couronne de marquis et placé au milieu de rinceaux fleuris et d'oiseaux. Pourtour également à rinceaux.

92 — Boîte rectangulaire, ornée d'un écusson armorié supporté par deux lions et timbré d'une couronne de marquis, le tout entouré de rinceaux et d'oiseaux. Pourtour également décoré de rinceaux.

93 — Bénitier ajouré, composé de branchages et de fleurettes en haut relief.

94 — Bénitier ajouré, présentant les emblèmes de la Passion dans un médaillon ovale entouré de feuilles et de fleurs.

95 — Boite rectangulaire, présentant deux oiseaux perchés sur une draperie et placés au milieu de rinceaux et de feuillages. Pourtour également à rinceaux.

96 — Boite rectangulaire, présentant l'initiale E timbrée d'une couronne de marquis et placée au milieu de rinceaux et oiseaux. Rinceaux également au pourtour.

97 — Boite rectangulaire, présentant en haut relief un cartouche timbré d'une couronne de duc et placé entre deux oiseaux environnés de rinceaux. Rinceaux également au pourtour.

98 — Boite rectangulaire, ornée de deux cœurs enflammés surmontés d'une couronne de marquis et placés au milieu de rinceaux. Rinceaux également au pourtour.

99 — Boite rectangulaire, présentant un oiseau surmonté d'un cœur et d'une couronne de marquis avec la devise : *Il est à vous*. Rinceaux sur le reste de la pièce.

100 — Boite rectangulaire, présentant un écusson armorié timbré d'une couronne de marquis et placé au milieu de rinceaux feuillagés et fleuris, et d'oiseaux. Pourtour offrant des rinceaux et un monogramme à la partie postérieure.

101 — Boite ronde, décorée en haut relief d'une corbeille de fleurs.

102 — Boite ronde, décorée d'oiseaux et de rinceaux.

103 — Boite rectangulaire, décorée de deux oiseaux surmontés d'une couronne de marquis avec cœur entre eux deux. Rinceaux sur le reste de la pièce.

104 — Boite rectangulaire, ornée d'un monogramme surmonté d'une couronne de marquis et placé au milieu de rinceaux. Pourtour également à rinceaux et oiseaux.

105 — Boite ronde, ornée d'une cage sur laquelle est perché un oiseau, avec la devise : *J'aime la liberté.*

106 — Boite ronde, ornée de deux oiseaux surmontés d'une corbeille de fleurs et entourés de rinceaux.

107 — Boite rectangulaire, ornée d'un monogramme timbré d'une couronne de duc et placé au milieu de rinceaux feuillagés. Pourtour également à rinceaux.

108 — Boite rectangulaire, ornée de deux oiseaux affrontés surmontés d'une couronne de marquis et entourés de rinceaux et d'autres oiseaux. Rinceaux également au pourtour.

109 — Boite ronde, ornée d'un pélican entouré de rinceaux.

110 — Boîte ronde, ornée d'une corbeille de fleurs et de deux oiseaux.

111 — Cadre de Christ cintré du haut, décoré de rinceaux fleuris et de feuillages.

112 — Cadre rectangulaire, décoré de rinceaux avec feuilles aux angles.

113 — Cadre de Christ arrondi du haut, décoré de rinceaux et de coquilles.

114 — Cadre cintré du haut, décoré de rinceaux avec feuillages aux angles.

115 — Cadre cintré du haut, décoré de rinceaux fleuris.

116 — Cadre rectangulaire, décoré de petits rinceaux avec feuilles aux angles.

117 — Deux petits cadres ovales, décorés de rinceaux fleuris.

118 — Petit cadre rectangulaire, décoré de feuilles et de glands de chêne.

119 — Boîte rectangulaire, ornée d'un rébus avec la devise : *Il la mérite,* surmontée d'une couronne de marquis. Pourtour à rinceaux.

120 — Boîte ronde, ornée d'un coq surmonté d'une couronne de marquis.

121 — Boite rectangulaire, ornée d'un monogramme placé au milieu de rinceaux et d'oiseaux. Pourtour également à rinceaux.

122 — Boite ronde, ornée de rinceaux et d'un oiseau percé d'une flèche, avec la devise : *Une seule me suffit.*

123 — Boite rectangulaire, ornée d'un monogramme timbré d'une couronne de marquis et placé au milieu de rinceaux et d'oiseaux ; rinceaux également au pourtour.

124 — Boite ronde, ornée d'un vase de fleurs ainsi que de rubans.

125 — Boite rectangulaire, ornée d'un vase de fleurs placé au milieu de rinceaux. Pourtour également à rinceaux.

126 — Boite ronde, ornée d'un oiseau au milieu de fleurs et de rinceaux.

127 — Boite rectangulaire formant pelote à épingles ; pourtour décoré de rinceaux.

128 — Boite rectangulaire formant pelote à épingles, avec pourtour entouré de rinceaux.

129 — Boite ronde, décorée d'une corbeille de fleurs.

130 — Boite rectangulaire avec couvercle formant pelote à épingles. Pourtour décoré de branches fleuries.

131 — Boite ronde, décorée d'un oiseau et de rinceaux, avec la devise : *J'aime la brune.*

132 — Boite rectangulaire formant pelote à épingles et décorée de rinceaux.

133 — Boite rectangulaire formant pelote à épingles et décorée de rinceaux et de fleurs.

134 — Boite ronde, décorée de deux oiseaux, ainsi que de deux cœurs enflammés et surmontés d'une couronne de marquis.

135 — Boite ronde, ornée d'un écusson d'armoiries timbré d'une couronne et entouré de branches fleuries.

www.ingramcontent.com/pod-product-compliance
Ingram Content Group UK Ltd.
Pitfield, Milton Keynes, MK11 3LW, UK
UKHW021039260726
994UKWH00005B/2261